CONFÉRENCE

SUR

L'ANCIEN DROIT MATRIMONIAL

EN NORMANDIE

Par M. Charles LEFEBVRE

Professeur à la Faculté de Droit de l'Université de Paris

ROUEN

IMPRIMERIE E. CAGNIARD (Léon GY, successeur)

Rues Jeanne-Darc, 88, et des Basnage, 5

—

1912

CONFÉRENCE

SUR

L'ANCIEN DROIT MATRIMONIAL
EN NORMANDIE

Par M. CHARLES LEFEBVRE

Professeur à la Faculté de Droit de l'Université de Paris

ROUEN

IMPRIMERIE E. CAGNIARD (LÉON GY, successeur)

Rues Jeanne-Darc, 88, et des Basnage, 5

—

1912

Extrait du Bulletin de la Société normande de Géographie

Séance publique du mercredi 29 novembre 1911

Présidence de M. Albert FAROULT, président

L'ANCIEN DROIT MATRIMONIAL EN NORMANDIE

Conférence de M. Ch. LEFEBVRE

Professeur à la Faculté de Droit de l'Université de Paris

C'est un sujet de conférence austère qu'une étude de droit ancien, lorsqu'elle est faite par qui, ayant charge de l'enseigner, ne saurait songer à le tourner en un objet de distraction. Il m'a semblé pourtant, que dans la capitale de Normandie, cette partie célèbre du vieux droit Normand pouvait encore vous être proposée, avant la fin du Millénaire, et à la suite du Congrès savant où j'ai regretté que mon lourd service de juin m'empêchât d'assister. Que la Société normande de Géographie soit remerciée de m'avoir obligeamment fourni le moyen de me libérer de ce remords, comme je remercie ceux qui ont bien voulu ce soir répondre à son appel. Peut être à des points de vue divers y trouveront-ils quelque intérêt ? On peut saisir, en cette vieille coutume, le caractère de ces guerriers rudes et avisés qui ont fait la Normandie, mais disciplinés, comme l'ont été tous au moyen âge par l'action chrétienne, si forte en cette institution du mariage. Ceux qui appartiennent au monde judiciaire, ou au monde des affaires remonteront ainsi une fois de plus aux sources premières de traditions et de pratiques dotales qui sont encore vivaces en cette province. Et pour les dames, que je suis très honoré et confus de voir aussi nombreuses dans ce bel auditoire, n'y pourront elles trouver quelque douceur un peu amère à revoir comme étaient plus durement traitées par le droit leurs lointaines aïeules, et aussi quelque raison d'attendre avec patience ce que le temps et les mœurs pourront conserver d'acceptable au milieu des revendications si bruyantes du féminisme d'aujourd'hui.

La coutume de Normandie a eu à bon droit le renom de coutume originale entre toutes, assez différente des autres par son ordonnance générale, par bon nombre de ses institutions et aussi par son langage parfois singulier. Cela est vrai notamment de l'ensemble de son régime matrimonial, qui se distinguait fort de celui des autres régions de France, et auquel elle ne permettait pas de déroger.

Il faudrait de longues explications pour l'exposer, en montrant de plus le lien de ses institutions matrimoniales et successorales, comme il serait nécessaire pour les mieux comprendre. Mais je dois me borner à un aperçu visant à comparer le système et l'esprit de la coutume normande avec celui des autres coutumes, surtout du droit commun coutumier, celui de l'île de France. Basnage lui-même, en commentant sa coutume, n'avait-il pas la préoccupation constante de la comparer avec celle de Paris.

Pour se rendre mieux compte de l'originalité de la coutume normande, il faut d'abord quelques mots d'historique.

Si cette région de Gaule, avant de s'appeler Normandie, fut de bonne heure dominée par les Francs comme l'une des parties importantes de leur Neustrie, on sait aussi combien, après Charlemagne et jusqu'au xiiie siècle, elle eut ses destinées différentes des autres régions françaises du centre. Les invasions des hommes du nord, et la concession faite à leur chef Rollon y créèrent une grande seigneurie indépendante qui, placée sous un régime guerrier, avec des princes belliqueux et aventureux, se fit dès lors une coutume éminemment féodale, signalée par un ensemble de prérogatives exceptionnelles pour le sexe masculin. De plus, au milieu du xie siècle, l'expédition de Guillaume le Conquérant sépara plus fortement encore la Normandie de notre France capétienne pour l'unir à l'Angleterre, où s'établit la dynastie et le régime anglo-normands. Il y eut ainsi pendant trois siècles, entre la Normandie et l'île de France, sa voisine, un sort politique et juridique bien distinct qui accentua le contraste de leurs coutumes, alors en formation. Et malgré la reprise de la Normandie par Philippe-Auguste, en 1204, pour une durée paisible d'un siècle et demi, il faut encore rappeler la séparation nouvelle de la guerre de Cent ans jusqu'au milieu du xve siècle, jusqu'aux victoires définitives de Charles VII.

Je n'ai fait que résumer tous ces faits, parce qu'il en peut résulter certaines considérations pour l'explication des grandes divergences de la coutume normande. On peut mieux comprendre ainsi que, pendant des siècles, la Normandie a été plus distincte et moralement plus éloignée de notre France centrale et royale que d'autres contrées géographiquement plus lointaines, Nivernais ou Bretagne par exemple; ce dont le droit lui-même s'est ressenti.

Cette destinée brillante de la Normandie lui avait valu une coutume déjà fortement tracée au moyen âge. Pour son histoire, les documents anciens ne nous manquent point tant en terre française qu'en Grande-Bretagne et tous également utiles à consulter. Parmi eux se doit placer au premier rang le *Grand Coutumier*, du milieu du xiiie siècle, rédigé par un excellent praticien de Normandie française, mais qui acquit et conserva valeur de coutume officielle jusqu'à la fin du xvie siècle (1).

Si, ne pouvant nous arrêter davantage sur les sources, nous venons droit pour le fond à notre sujet de l'ancien droit matrimonial anglo-normand, observons tout d'abord, quant *au mariage même*, que Normandie et Angleterre, ayant été tout aussi bien chrétiennes au cours du moyen âge, durent également reconnaître le droit canon comme réglant le lien de mariage indissoluble et ses effets généraux sur l'union des personnes. Car il fut donné à l'Eglise de bâtir alors cette forte institution du mariage trop peu ou mal réglée dans le droit romain. Si l'Eglise fut reconnue jadis souveraine incontestée pour légiférer ou juger sur le lien du mariage, c'est qu'elle l'avait conquis pour l'avoir créé. Ce fut même un grand bienfait de plus d'avoir ainsi conservé dans toute la chrétienté l'unité du lien conjugal à travers la variété des coutumes troublant les autres parties du droit privé. Aussi les coutumiers anglo-normands ne parlaient même pas de ces questions de lien conjugal, laissées au ressort des Cours d'Eglise. Il y avait donc là, comme en France, un même principe initial sur la notion du mariage et dominé par les mêmes préceptes, pouvant influer sur la direction de la coutume.

Pourtant, quant à l'organisation civile et coutumière du *droit des gens mariés*, cette grande province normande en était venue de bonne heure à des notions assez différentes de celles des autres pays de France.

Et pour les indiquer d'abord, comme en sommaire, il est cinq points principaux que nous pourrons constater :

1° La Normandie a connu sans doute le même principe général de la *puissance du mari* comme chef de maison, mais pratiqué avec plus de

(1) Tout le fonds de cette Conférence ayant été tiré de mon enseignement déjà publié, on peut retrouver toute la documentation qui l'établit et les explications complémentaires qui s'y rattachent dans mon *Cours de doctorat sur l'Ancien droit des gens mariés, aux* 66e et 67e *Cours*, consacrés à la Coutume de Normandie.

rudesse et formulé aussi avec un caractère plus absolu, voire même assez étrange, chez les Anglo-Normands.

2º Le *douaire* y fut établi solidement pour les veuves, mais un douaire moins généreux et de règlement plus rigide.

3º Pour *les libéralités entre époux*, nulle coutume n'a été plus restrictive, puisqu'elle ne leur en permettait aucune pendant le mariage, pas même le don mutuel, si usité dans notre France coutumière.

Voilà déjà des différences sensibles, mais ce qui resta plus caractéristique encore dans la coutune normande :

4º C'est l'absence d'une donnée franche de collaboration entre époux, et par suite *nulle vraie communauté de conquêts*, rien que des participations pour la femme survivante, et assez complexes.

5º C'est, par contre, un système *de protection juridique* du bien des femmes, qui en est venu, au cours des siècles, à rappeler d'assez près le régime dotal de Justinien ; toutefois avec ce trait distinctif que la coutume normande garda pour principale visée de procurer à la femme un remploi bien assuré, plutôt que la conservation même de ses propres en nature. *Bien de femme ne doit se perdre*, sera l'adage familier des commentateurs normands, et résumera la pensée traditionnelle de la coutume de Normandie.

Tels sont les traits généraux de cette coutume, à côté de maintes particularités, telles que le *droit de viduité du mari*, le *don mobil*, le *remport conventionnel*, qui n'étaient que des usages secondaires, pouvant être rangés dans les curiosités juridiques, avec leur singularité d'expression.

Je devrai me borner aux points principaux ; mais tout d'abord, avant d'entrer dans cette analyse, comment donc expliquer tant de différences avec le droit commun, dans une région si voisine du centre de la France coutumière. C'est bien là un problème destiné au tourment des historiens, qui n'ont pas manqué de proposer des conjectures diverses. Les uns, frappés surtout de la tendance ancienne de Normandie à la conservation du bien des femmes par une sorte d'inaliénabilité, ont voulu voir quelque influence initiale et toujours conservée des traditions romaines, remontant jusqu'à l'époque antérieure aux invasions des Francs et des Normands et due aux souvenirs gallo-romains de la loi Julia et du Velléien. C'était la thèse de Froland, l'un des commentateurs de la coutume normande ; mais combien peu vraisemblable ! Car la coutume matrimoniale de Normandie n'était pas uniquement dans cette sauvegarde dotale, qui d'ailleurs n'a pas débuté comme une imitation du droit romain. Il paraît bien impossible de comprendre comment un pays, si éloigné d'Italie, si longtemps envahi et remué par les hommes d'outre-Rhin, aurait en plein moyen âge, plus que tout autre, conservé et entretenu le droit de Rome. Non, l'influence et l'invocation de ce droit romain ne s'y feront sentir qu'après la Renaissance et comme moyen de soutenir des coutumes originales, nées en Normandie, mais qui se rencontrèrent sur certains points avec les institutions romaines remaniées en Orient par Justinien. C'est toute la part qu'on peut lui faire.

D'autres, et aujourd'hui plus nombreux, ont cru voir apportés de Scandinavie, à partir du ixe siècle, les traits originaux de la coutume matrimoniale normande. Jusque-là, pour les époques gallo-romaine et gallo-franque, nulle dissemblance connue. Mais ce droit matrimonial antérieur, tel qu'il aurait pu résulter en Neustrie, comme ailleurs, de l'établissement des Francs, aurait été troublé et modifié lors des invasions normandes par un nouvel afflux de coutumes juridiques venues de Scandinavie. Et c'est d'un droit germanique ainsi redoublé, développant au profit du sexe fort une règle de puissance ou de *mundium* excessif, que seraient venues en Normandie tant de sujétion mais aussi de protection juridique pour l'épouse, sans le bénéfice d'une communauté.

J'ai eu déjà à discuter ailleurs ce même problème au sujet des origines de nos grandes institutions coutumières de puissance maritale et de communauté, que beaucoup d'auteurs veulent rattacher à des précédents de règles exclusivement germaniques et qui me semblent bien plutôt s'être formées en Gaule après les invasions et la conversion des barbares sous la direction chrétienne du mariage, libérée des entraves et des traditions du droit romain (1). Or, de même que je ne crois pas, du côté des Francs, à des importations prétendues d'un droit déjà formé outre-Rhin et qui aurait conquis la Gaule du ve siècle, je ne saurais croire davantage à ce nouvel apport de coutumes juridiques, déjà nettement établies en Scandinavie, puis venues par les barques normandes à la suite de bandes guerrières, qui les auraient conservées à leur propre usage pour les imposer ensuite à toute la population gallo-franque de Normandie.

On n'a d'ailleurs aucune trace antérieure certaine de ces prétendues coutumes matrimoniales de Scandinavie. Il n'y a donc pas à rechercher

(1) V. mon cours de *Doctorat sur le droit des gens mariés*, pp. 33 et s., 192 et s. (40e et 47e *Cours*).

de ce côté de véritables précédents juridiques d'institutions déjà existantes et comme transplantées en Normandie. Mais, ce qui se conçoit mieux et que j'admettrai volontiers, c'est qu'il a dû résulter de tant d'expéditions heureuses, suivies d'un établissement définitif de groupes normands dans cette terre de Neustrie, un fort appoint, non de droit déjà fixé, mais de mœurs plus rudes et d'habitudes guerrières, qui ont agi sur les coutumes territoriales naissantes, pour exagérer les prérogatives masculines dans la formation des institutions matrimoniales et successorales. N'a-t-on pas discerné depuis lors, le sang et la stature des hommes du nord dans les traits physiques de cette race normande, longtemps si féconde et fière du nombre de ses fils en chaque maison. Ce qui s'est ainsi manifesté au point de vue physique a dû exister au point de vue des mœurs. « C'est l'homme qui se bat et c'est l'homme qui conseille », disait un vieux brocard de Normandie. Il en sortit un sentiment plus vif et plus dur de la supériorité virile, qui s'organisera au foyer domestique en domination maritale absolue, pendant que s'exagérait, d'autre part, l'exclusion successorale des femmes.

Les trois premiers siècles de l'histoire spéciale de Normandie en rendent témoignage, alors qu'on voit se former ce duché si indépendant, si fortement organisé au point de vue féodal, et débordant de guerriers tout prêts aux aventures. C'est dans ce milieu favorable pour répondre à ses aspirations et à ses besoins, que s'est formée alors et développée en Normandie cette coutume, qu'on a appelée la *coutume des mâles* (¹). Il n'est pas besoin, pour voir se dessiner ses traits orignaux, de chercher ailleurs à quoi la rattacher par des précédents ou des survivances, dont on tend parfois à abuser de nos jours. Cette coutume juridique, il faut la voir poindre et croître en Normandie même, par suite d'un afflux nouveau de mœurs germaniques et du caractère féodal et belliqueux qu'ont conservé, pendant des siècles, les seigneurs et les princes de Normandie. Déjà, aux plus anciens textes normands, s'accuse le caractère éminemment féodal de cette coutume, qui avait plus que tout autre subordonné et sacrifié les femmes au sexe masculin dans l'organisation de la famille. La tradition était déjà bien établie qu'un père pouvait ne rien donner à sa fille, pourvu qu'il l'eût mariée en « maison suffisante ». Dans les successions, il était de règle aussi que la femme devait s'effacer devant les mâles. Ce qu'avait produit d'abord la rudesse des mœurs guerrières, d'autres raisons devaient l'entretenir encore

(¹) Basnage redit maintes fois d'elle *cette Coutume toute mâle*.

plus durable, et notamment cette visée d'ancien régime, si forte en Normandie, de *conserver les maisons*, c'est-à-dire les terres seigneuriales ou
roturières, aux héritiers du nom pour en écarter les filles qui les auraient
transmises à d'autres *maisons*. La supériorité et les privilèges de l'homme
au sein des familles s'en était accrue. Et ce sont les mêmes traits qui vont
s'accuser dans la coutume matrimoniale où il faut maintenant nous ren-
fermer.

I

La *puissance du mari*, fortement ordonnée comme autorité de chef en
chaque ménage distinct, tel a été le trait fondamental de toutes nos coutumes françaises ; notion qui paraît en soi bien naturelle, qui était aussi de
tendance germanique, qui n'a pu s'organiser pourtant et prévaloir en
Gaule contre la tradition romaine de la grande *patria potestas* que grâce
à l'aide et à la direction du précepte chrétien : « Que les femmes soient en
tout soumises à leur mari parce qu'il est leur chef ». Précepte auquel il est
vrai saint Paul ajoutait aussitôt : « Et vous maris, aimez vos femmes jusqu'à vous sacrifier pour elles » ; et cette pensée n'a pas été non plus étrangère au développement généreux de nos coutumes françaises de douaire et
de communauté ; mais c'est le premier verset qui fut le mieux entendu en
Normandie. Nous y voyons affirmé déjà au xiiie siècle que toute femme est
pleinement capable tant qu'elle n'est pas mariée, mais nécessairement
subordonnée au foyer domestique à l'unique puissance de son mari [1].
Le droit pour l'homme de diriger en chef toute la vie commune, jusqu'à
corriger et châtier sa femme, se lit aux vieux Coutumiers normands comme
dans Beaumanoir ; mais ce qu'on y peut observer, c'est un langage plus
dur et c'est aussi un précepte général d'obéissance formulé en termes redoublés et absolus.

Il est même affirmé si rigoureusement, que la femme y est donnée
comme tenue (ce qu'on ne lit pas ailleurs) de se plier aux actes juridiques
voulus par le mari et qu'elle ne saurait se refuser à consentir tout ce qu'il
viendrait à lui prescrire pour l'aliénation de son propre, ou de son douaire,
au point d'être déclarée déchue de son douaire si elle s'est opposée à cette
volonté du mari. Son devoir est de le laisser faire ou de concourir avec lui

[1] T. A. Coutumier, ch. 80 n° 5 : *Quamdiù fuerit sine viro potest de terra disponere sicut mares.*

sans résistance, d'où résultera dans la coutume anglo-normande cette antique tradition que les actes ou engagements souscrits par la femme avec son mari ne doivent pouvoir lui être opposés après mariage : *quia contradicere non potuit* [1]. Là nous apparaît, si loin qu'on peut remonter en Normandie, le trait caractéristique de son droit matrimonial, dans cette donnée moralement plus rude et juridiquement plus absolue de puissance maritale. C'est l'impression très nette qui résulte de tous les textes, et dont je voudrais me borner à rappeler quelques applications tant *sur les biens* que sur les *actes* de la femme mariée.

Quant *aux biens*, il est dit maintes fois aux vieux auteurs normands que la femme ne peut rien avoir qui n'appartienne à son mari, lequel peut disposer des biens de sa femme comme d'elle-même : *ad arbitrium suæ voluntatis*. Tant qu'il est vivant, elle ne pourra rien attaquer des aliénations faites par lui seul, même sur ses immeubles à elle. Car on ne lirait nulle part, en ces auteurs normands, ce qu'on disait en France, qu'un mari ne peut aliéner l'immeuble de sa femme sans qu'elle y consente [2]. La femme eût-elle d'ailleurs concouru, ce qui était d'usage, même en Normandie, rien que pour ne pas s'exposer aux blâmes ou corrections du mari, l'aliénation ne valait pas plus à l'encontre de la femme que si le mari s'était passé de son adhésion. La puissance du mari *sur les biens* de la femme, quoique procédant du même principe qu'aux autres pays coutumiers, est donc bien dessinée en traits plus rigides.

Et pour les *actes de la femme* (les juridiques), nulle part on ne verrait alors formulé en termes aussi absolus que la femme ne peut rien de judiciaire ou d'extrajudiciaire, sans son mari, pas même son testament [3]. L'idée d'où semblait procéder la coutume c'est que, pour tout rapport de droit concernant la personne ou les biens de l'épouse, il appartient au mari de traiter, d'agir, d'être actionné, pour jouer en tout et juridiquement le rôle principal, sauf à lui d'adjoindre parfois sa femme, mais en arrière de lui et comme dans son sillage.

Logiquement avec ce système, et c'est ce qui a passé en droit anglais, tout ce qu'aurait pu faire la femme ne devait valoir que comme fait au lieu

[1] Glanville, l. VI, c. 3 et l. XI, c. 3 : *Quia dum fuit in potestate viri sui, in nullo potuit contradicere aut contraire ejus voluntati, et ita non sibi potuit contra voluntatem viri sui in jure suo prospicere.*

[2] V. Beaumanoir, ch. 21, n° 2.

[3] Glanville et le Grand Coutumier sont formels sur ce point.

et place du mari, comme consenti ou dicté par lui ; car nulle action personnelle ne semble lui être laissée. Mais aussi le concours plus ou moins
volontaire prêté par elle, ou sur ses propres, ou sur son douaire, n'avait
pas contre elle d'effets irrévocables, ainsi qu'en France. Il n'en avait pas,
même l'eût-elle fortifié de son serment. L'idée normande était bien accusée
que, pour les contrats ou actions juridiques, la femme n'était appelée
comme compagne, ni à aider son mari, ni à le retenir. C'est lui seul qui
domine et qui compte.

Voilà bien ce que les plus anciens textes nous laissent entrevoir. Rien
qu'à l'ensemble de leurs affirmations aussi brèves que tranchantes, nous
observons pour l'épouse, soumise à un tel despotisme, une donnée singulièrement rigide de dépendance ou d'incapacité absolue qui, en Normandie
française, sera tempérée avec le temps, mais qui a été le fond primitif de la
coutume anglo-normande.

C'est d'ailleurs sans formuler un système doctrinal que ces premiers
coutumiers anglo-normands avaient noté leurs décisions pratiques. Ce
système, il fallut le dégager plus tard pour ordonner le droit matrimonial,
surtout en Angleterre, où ces antiques données se sont maintenues et déve-
loppées jusqu'au dernier siècle, presque sans mélange d'autres traditions.
Or c'est là ce que les jurisconsultes anglais ont traduit en disant, durant
plusieurs siècles que l'épouse est à considérer comme effacée ou même con-
fondue (merged) dans son mari, au point de ne plus compter en droit comme
personne distincte durant le mariage. Telle est encore la théorie de Blackstone au xviiie siècle, comme droit commun d'Angleterre, avec des consé-
quences d'une logique inouïe (1). Blackstone n'avait fait que développer ce
qu'avaient déjà indiqué bien avant lui Littleton au xve siècle, Bracton dès
le xiiie siècle. L'épouse, juridiquement « obombrée » par le mari ou placée
sous « couverure de baron », était devenue l'expression courante. C'est

(1) V. *Blackstone*, L. 3, ch. 7 (Du mari et de la femme): « Par le mariage l'homme
» et la femme ne sont aux yeux de la loi qu'une seule personne. Car l'être ou l'existence
» légale de la femme est suspendu pendant le mariage, ou du moins incorporé et confondu
» avec celui du mari, sous la garde duquel elle se trouve ; de façon qu'elle n'est plus
» censée agir en rien par elle-même ; aussi nos lois normandes appellent-elles en vieux
» français une femme mariée *femme coverte, viro cooperta*, et les mêmes lois appellent
» le mari *covert baron* ». — Paul Gide, dans sa *Condition privée de la femme*, au cha-
pitre sur l'Angleterre, a donné un exposé et un commentaire saisissant de ces données
du *Common Law* anglais.

Littleton qui semble avoir propagé le terme de « *couverture* » pour désigner cette sorte d'éclipse résultant du mariage sur la capacité et le droit de l'épouse. C'est lui qui avait dit aussi, en termes généraux, que le mari et la femme « ne font qu'une personne en loy », et cela d'ailleurs d'après Bracton qui, en maints passages et comme moyen de raisonnement, avait invoqué les termes de *personna unica, una caro, sanguis unus.* La *conjugal unity* toute concentrée dans le mari et sans communauté d'acquêts pour l'épouse, voilà donc où aboutira cette doctrine anglonormande, réduisant l'épouse à une condition de sujette, susceptible d'évoquer par certains traits le souvenir de la *manus* romaine et qui, excessive comme elle, devait aussi de nos jours provoquer par réaction un revirement d'indépendance et de séparation presque absolue, qui est maintenant le droit Anglais.

Mais d'où avait pu venir une donnée et une doctrine si extrême ? Dans les quelques auteurs, anglais ou autres, qui ont touché à ce problème historique, se trouve une tendance à rapporter tout à un principe initial de *mundium* germanique, ce *mundium* duquel on a voulu faire sortir tant d'effets juridiques jusqu'au delà du moyen âge. C'est ce mundium germanique, plus rudement conçu chez les Germains du Nord, qui serait devenu aux régions anglo-normandes un absolutisme marital dépassant de beaucoup la donnée coutumière des autres pays. Il faudrait donc y voir une importation de droit venue des Scandinaves, qui auraient eu pour coutume de réduire la femme à une sujétion juridique qui l'annihilait.

Qu'en faut-il penser ? On ne saurait contester qu'un fond de mœurs plus rudes, dû aux invasions des hommes du Nord et à tant d'aventures guerrières des Normands, a poussé parmi eux à cette exagération de puissance maritale comme aux autres prérogatives du sexe masculin. Mais il semble difficile de ne voir en cette puissance maritale, et cette *conjugal unity* révélée seulement aux abords du XIIIe siècle, rien d'autre qu'un développement prolongé d'une coutume juridique de *mundium* venue par apports redoublés du Nord de la Germanie. Eh ! pourquoi donc cette importation prétendue du *mundium* germanique aurait-elle été jusqu'à effacer la personnalité de l'épouse, ce qui ne s'est point vu de même ailleurs, ce qui est même contraire aux notions de tutelle qu'on rattache plus ordinairement à cette évocation du mundium ? Comment s'expliquer aussi qu'on ne voie rien chez les Anglo-Normands d'une tutelle ou *mundium* perpétuel des femmes non mariées, qui semble avoir caractérisé la

donnée germanique du mundium, là où elle s'est perpétuée en vraie coutume (¹). Or les Anglo-Normands n'ont connu, comme établie sur les
femmes, qu'une puissance maritale. Et nous observons bien aussi que rien
ne témoigne, en leurs textes anciens, du souvenir et du terme même de
mundium. C'est toujours l'expression de puissance ou *potestas* qui sert à
qualifier la sujétion de l'épouse, dite *sub potestate viri constituta* (²).
Renonçons donc pour le droit anglo-normand, comme pour le droit de la
France centrale, à ne voir en nos puissances maritales coutumières qu'un
droit antérieur de *mundium* germanique, transplanté et reprenant comme
une plus forte sève sur les terres normandes.

A mon sens, voici une explication plus vraisemblable de cette doctrine.
Il y avait déjà en Neustrie, bien avant l'arrivée des Normands, un principe coutumier d'autorité maritale qui, selon toute vraisemblance, s'y était
formé tel qu'aux régions voisines dans toute la population gallo-franque et
chrétienne. Mais cette tendance première d'association conjugale, avec le
mari pour chef, devait s'altérer avec le destin nouveau de la Normandie.
Les invasions normandes et sans doute, après tant d'autres aventures, l'expédition de Guillaume le Conquérant y comptèrent pour beaucoup. Ces Anglo-
Normands du xiᵉ siècle avaient laissé pénétrer dans leurs mœurs un sentiment très prononcé de suprématie masculine, accru démesurément chez
eux par leur existence belliqueuse et leur organisation féodale, autant que
par tradition germanique. Peut-être même allait-il prendre encore plus de
rudesse au-delà de la Manche, après la conquête? Mais ce despotisme
marital, s'il était fortement dans leurs mœurs, n'était pas encore, au
xiiᵉ siècle, une coutume juridiquement organisée et formulée. Tel il nous
apparaît alors dans l'étrange langage de leurs auteurs anciens, nous disant
parfois que la femme est « sous le bâton du mari », ce qui n'est assurément
pas encore l'énoncé d'une règle de droit : et cela pour marquer qu'il n'y a
pour elle d'autres conditions que l'obéissance absolue.

Quand il fallut commencer de traduire un tel état de mœurs et de
traditions pour l'organiser en règles vraiment juridiques, ces Anglo-Normands n'avaient, eux aussi et depuis longtemps, que les maximes chrétiennes pour servir de préceptes au gouvernement de leur vie matrimoniale.
C'est là que pouvaient être cherchées pour les maris l'explication et la

(¹) Ex. chez les Lombards, les Saxons, les Alamans ; plus tard aux *Miroirs* de Saxe
et de Souabe, et jusqu'à nos jours en certains cantons suisses.

(²) Ex. *Gr. Coutumier*, ch. 100, nᵒ 2 et le passage cité plus haut de Glanville.

consécration doctrinale de leur pouvoir ; là aussi que se rencontraient, pour en prévenir l'excès, les seules exhortations morales aux ménagements dus à l'épouse ([1]). Ces Anglo-Normands ayant à construire leur système juridique prirent donc, eux aussi, pour principe directeur, les maximes de l'Écriture sainte, c'est-à-dire les textes et formules de leur religion, sauf à retenir surtout celles qui pouvaient le mieux répondre à leur tradition propre pour en faire sortir le sens juridique le plus rigoureux. Or il y en eut deux auxquelles ils semblent surtout s'être attachés pour les redire sans cesse et en faire leur fondation doctrinale. — L'une, qui apparaît surtout chez leurs premiers coutumiers, dès la fin du xiie siècle, comme affirmation de puissance maritale absolue, c'est le mot de la Genèse : *sub potestate viri eris et ipse dominabitur tibi.* L'épouse *sub potestate viri constituta*, c'est le principe de droit qui revient sans cesse énoncé dans les anciens coutumiers depuis Glanville ; et Terrien ne verra pas d'autres explications à son texte du Grand Coutumier : « La femme étant en puissance du mari ». Le fond de mœurs pouvait bien être antérieur, tant germanique que féodal, mais la formation et l'articulation juridique sont venues de là. — L'autre maxime, qui servira surtout à partir du xiiie siècle à leur construction systématique de la femme effacée en son mari pour ne faire à tous deux qu'une personne en droit, c'est le mot même de l'Évangile : *Et jam non sunt duo sed una caro*, qui n'a été répété par aucuns juristes autant que chez les Anglo-Normands, pour être entendu en ce sens qu'il n'y a qu'une personne qui compte dans l'unité conjugale, et c'est le mari. La parole évangélique n'apparaît encore dans Glanville et dans les anciens coutumiers de Normandie qu'alléguée sur des points secondaires. Rien n'y montre encore la base d'une théorie doctrinale de *conjugal unity*. Mais dans l'œuvre considérable de Bracton l'invocation est fréquente, et l'idée de *persona unica* commence à se dégager nettement comme principe juridique, pour affirmer l'idée que le mari tient tout le droit de la femme. C'est de là qu'elle se poursuivra dans Littleton et Blackstone pour s'y développer outre mesure.

Eh ! comme a pu bien s'observer la différence de génie des races, rien

([1]) Comme nous le voyons bien aux recommandations qui sont faites aux maris de ne pas abuser de leur pouvoir de commandement et de correction, ou même de permettre à leur femme quelques pieuses dispositions testamentaires, et aussi à cette grande réserve toujours rappelée, que l'épouse n'est point tenue d'obéir à ce qui est contre la loi de Dieu.

qu'à leur manière d'entendre la direction donnée par l'Ecriture Sainte en ces paroles, les plus simples et les plus profondes qui jamais aient été dites sur le mariage. Là où notre société gallo-franque, ordonnant sa coutume de mariage sur une notion de communauté conjugale, avait traduit surtout comme pensée chrétienne *Erunt duo in carne unâ*, pour dire des époux qu'*ils sont bien deux*, deux associés devenant *uns* et *communs en biens*, avec le mari pour chef; le génie anglo-normand, plus rude et moins généreux peut-être, avait demandé aussi aux Livres Saints la direction et la formule de son principe matrimonial. Mais il s'était suspendu plutôt à la parole *sunt una caro*, « il n'y a qu'un seul », pour sacrifier la donnée d'association à celle de *conjugal unity*, en reléguant l'épouse toute effacée sous cette *couverture de baron* consacrant, tant que l'union dure, l'absolutisme du mari.

Ce n'est du reste qu'en terre anglaise, et à partir du xiiie siècle, qu'a été imaginée cette donnée excessive de puissance maritale. On ne voit pas que nos auteurs français de Normandie, du temps de saint Louis, semblent avoir jamais exposé cette doctrine de droit commun anglais ou confondant juridiquement l'épouse dans la personne du mari. Déjà au Grand Coutumier de 1254 s'observe bien l'idée de reconnaître à l'épouse *une personnalité distincte* avec ses biens et ses droits, sauf à la maintenir sous une autorité maritale très stricte et à la sauvegarder toujours contre la pression redoutée du mari. Déjà aussi se découvrent certains tempéraments au despotisme marital, qui nous rapprochent des coutumes de France. Il en sortira en Normandie Française, comme principe semblable à celui de notre droit commun coutumier, que l'épouse est capable d'agir pour son compte, sauf intervention maritale pour l'autoriser. Seulement cette autorisation restera nécessaire pour tous ses actes, même pour le testament; ce qui sera dit encore en 1583. Les auteurs normands seront toujours portés à lui donner pour sanction la nullité absolue, comme règle d'ordre public. Et il restera vrai jusqu'à la fin que toute femme normande, même autorisée, ne peut compromettre ni sacrifier ses biens et ses droits, fût-ce pour son mari.

Ainsi toute la tradition de Normandie, tant de ses mœurs que de son droit, doit laisser la forte impression d'une puissance maritale plus rudement conçue. Et pour le corroborer d'un grand témoignage du xvie siècle, celui de Dumoulin, n'est-ce pas lui qui, pour expliquer la protection assurée aux épouses normandes contre la vente de leur propre bien, en donne pour

seule raison que, d'après *les mœurs* du pays, elles y sont assujetties comme
des servantes et tout exposées aux menaces et aux autres manœuvres de
leurs maris trop souvent avides, rusés et despotes. *Quoniam in Neustriá
mulieres sint ut ancillæ multum viris suis subditæ, qui sunt avari et
fraudatores, ut plurimum, ita quod præsumptio fraudis est in viro
Normanno et justi timoris in femina nupta et habitante in Neustria
propter mores loci* (¹). Paroles excessives, où il entra quelque boutade et
que je n'ai voulu citer qu'en latin pour ne pas paraître en rien prendre à
mon compte par une traduction.

II - III

Si j'ai dû insister sur cette donnée excessive de la puissance maritale
en Normandie, c'est qu'elle fait mieux comprendre l'ensemble du système
de cette coutume. Le *Douaire* a été jadis par toute la France une de nos
belles coutumes pour ménager aux veuves de tout rang un peu plus de
ressources ou un meilleur revenu, et dans les hautes maisons leurs titres
de dignité. Or ce *douaire* de la veuve sur les propres du mari a été aussi
une institution fondamentale du droit anglo-normand. Il y prenait même
d'autant plus de relief que la coutume n'admettait pas les femmes aux
avantages d'une vraie communauté de conquêts et qu'elle réduisait en
outre singulièrement leurs droits successoraux dans leur famille, d'où l'im-
portance du douaire.

Mais ne pouvant m'y étendre aujourd'hui (²), je m'en tiendrai à vous
rappeler que ce douaire normand n'était fixé pourtant qu'au tiers et non
comme à Paris à moitié des propres du mari; qu'il ne pouvait pas être
augmenté, même par contrat de mariage ; mais qu'il restait assuré à la
femme contre tout abandon total ou partiel consenti par elle, en cours
d'union, dans l'intérêt du mari. Toujours donc et partout ce règlement
rigide de la sage et prudente coutume, comme on l'appelait volontiers en
Normandie, et qui ne permettait pas même aux époux de se faire aucune
libéralité, fût-ce réciproque, au cours du mariage ! — Nous l'allons mieux
voir encore à ces autres règles qui écartaient le principe de communauté,
mais en protégeant à outrance l'apport des femmes, c'est-à-dire leur dot au
sens romain.

(¹) Tome III, p. 556, col. 2, dans l'édition de 1681.
(²) Ces points, à peine indiqués ici, sont traités dans mes *Cours* ainsi que les particularités secondaires signalées plus haut, p. 6.

IV

La notion d'une vraie *communauté* a toujours manqué en Normandie, et jusqu'à la fin, comme le proclamera l'article 389 de sa coutume. Et ici je voudrais insister, car il y a là une grande observation qui peut nous éclairer sur les vraies origines de notre belle institution nationale de communauté.

La Communauté est une coutume qu'il faut se représenter, pour en saisir l'histoire, comme ayant germé et grandi avec le sentiment d'améliorer la condition de l'épouse, ainsi traitée en vraie compagne. Car, si, dans ce régime, la femme a dû s'incliner devant le mari érigé en chef de la masse commune, il a pour elle le grand avantage de la faire profiter comme associée des acquisitions qui semblent le plus souvent réalisées par le mari, alors même qu'elle l'a fortement secondé (¹).

Cette idée d'une association surtout généreuse pour la femme, ne nous frappe plus autant aujourd'hui, habitués que nous sommes à trouver naturel que la femme soit ainsi commune en biens, et préoccupés davantage de la voir effacée et subordonnée dans cette communauté, que certains maris gouvernent si mal. Il importe cependant, pour mieux suivre le problème de ses origines, de se rendre compte de prime abord que la donnée des acquisitions communes entre mari et femme n'a pas été de celles qui s'imposent de tout temps, et que, repoussée en plus d'un pays, elle a pu ne venir au jour que tardivement.

C'est une vérité d'observation universelle et devenue banale à force d'avoir été répétée suivant les termes mêmes d'Aristote, que dans le mariage le rôle de l'homme est plutôt d'*acquérir*, celui de la femme de *conserver* (²).

(¹) La question toujours débattue des *Origines* de notre institution nationale de *Communauté* a été amplement traitée dans les Cours, 43ᵉ à 46ᵉ, où j'ai développé mon explication personnelle, pour discuter ensuite aux deux cours suivants les autres origines proposées, et conclure enfin, pp. 222 et s. Mon opinion très nette est que la Communauté de biens conjugale a eu pour *principale* origine la *direction chrétienne du mariage*. On ne saurait l'attribuer ni à des influences plutôt germaniques et féodales, ce que tend bien à confirmer l'absence de communauté en Normandie ; ni à des traditions romaines, qui l'ont au contraire refoulée dans notre Midi après la Renaissance du droit de Justinien. Pour ceux qui n'y verraient qu'un progrès économique débutant au sein des classes bourgeoises ou rurales, comment comprendre et justifier une pareille thèse, pour nos siècles les plus obscurs et désordonnés du moyen âge !

(²) *Etienne Pasquier* ne manquait pas de le rappeler au début du titre 88 de ses Institutes, consacré à la *Communauté de biens entre mari et femme*. Il rapporte le passage

Quelque degré de civilisation qu'on envisage, depuis l'état nomade jusqu'à nos jours, il apparaît que c'est bien plutôt au mari d'acquérir et d'apporter du dehors : produits de chasse ou de culture, salaires ou bénéfices d'industrie et de commerce, émolument des professions libérales ou solde militaire, c'est-à-dire toutes les récoltes pécuniaires du travail, aussi bien que ces autres moissons d'honneur et de dignités qui rejaillissent de lui sur toute sa maison. Tandis que la division naturelle des tâches, dans les unions les mieux entendues, laisse pour occupation à la femme (en outre du travail qu'elle peut faire au logis) le soin principal d'élever les enfants et de gouverner l'intérieur, soit en bonne ménagère ou en digne maîtresse de maison, suivant les conditions sociales.

Eh ! sans doute, maintenant que l'idée est entrée dans nos esprits et dans nos mœurs, nous percevons bien que c'est toujours là, en des rôles distincts, collaborer à l'œuvre commune et mériter d'en partager tous les résultats, même pécuniaires. Mais il faut savoir reconnaître que de telles conceptions, devenues à nos yeux comme naturelles, ont pu ne pas être et n'ont pas été des notions primitives. Longtemps il a semblé simple et logique de laisser au mari, seul et sans partage, les acquisitions qu'il lui appartient de réaliser en raison de son activité extérieure.

Le droit romain d'ailleurs nous est le témoignage le mieux connu de la peine que ces notions de collaboration et de communauté ont eue à naître et à se formuler juridiquement (1). Il avait bien vu et organisé une certaine communauté des charges, où la femme participait par sa dot ; mais sans rien établir pour la femme comme partage des acquisitions du mari, fût-ce de celles faites au moyen des économies dotales.

C'est notre coutume du moyen âge qui est venue enfin ménager à la femme les avantages d'une association pécuniaire, à une époque où pourtant le mari ne recevait pas d'elle une dot véritable, mais souvent rien qu'un

---

d'Aristote dans la traduction latine de son temps : « *Administratio alia mulieris, alia viri; nam viri opus est acquirere, at mulieris servare* », en ajoutant : « Ce fut le cause pour laquelle on a voulu en cette France, faire part, à la femme tant des meubles que des conquêts immeubles faits pendant le mariage... proposition qui semble être plus politique que celle des Romains ».

(1) Sans doute il se pouvait, aux premiers siècles de Rome, que l'épouse *in manu* profitât des effets d'une sorte de communauté domestique dans la famille de son mari. Mais aussi, combien précaire était l'espérance d'une part qu'elle ne pouvait avoir qu'à titre d'*heres sua*, tandis que durant tout le mariage elle n'avait nul droit d'associée, puisqu'elle était traitée en *alieni juris* à l'instar des enfants.

maigre apport, comme trousseau ou quelque peu d'argent. Cela seul ne montre-t-il pas bien la différence d'esprit et de sentiment de ces deux Droits qui se succèdent à quelques siècles aux mêmes régions de Gaule, et comment notre communauté doit nous apparaître en son principe comme sortie d'une pensée d'association généreuse pour la femme, où la direction chrétienne a pris une part décisive.

J'ajoute que c'est en notre pays de France, plus tôt et plus largement qu'en toute autre région d'Europe, qu'avait grandi, à côté d'un douaire plus élevé qu'ailleurs, le régime matrimonial de communauté, devenu le droit général de nos pays coutumiers. Aussi la Communauté est-elle entre toutes une institution nationale, qui ne s'est rencontrée ni en Italie, ni en Angleterre, qui ne s'est développée au même degré ni en Allemagne où elle ne fut jamais droit commun, ni en Espagne où elle n'a pas été aussi largement conçue. C'était *Coutume de France* comme on la nommait jadis dans les autres pays, et comme on le disait de même de notre art ogival qualifié aux mêmes temps *francigenum opus*. Car il est né alors, lui aussi, ce grand art religieux et aux mêmes régions d'Ile de France, d'où il a rayonné au dehors, pour ne venir qu'un peu plus tard produire en Normandie des merveilles comme votre puissante Cathédrale et cette nef, si parfaite, de Saint-Ouen. Eh bien ! la Communauté des meubles et conquets ce fut aussi coutume générale de France dès le xie siècle ; mais elle ne devait pas, jusqu'au Code Civil, devenir coutume en Normandie. Eh ! pourquoi donc ! Parce qu'en Normandie, c'est l'exagération même de la puissance maritale, et plus généralement de toutes prérogatives masculines, qui semble avoir refoulé la donnée d'association généreuse en faveur des femmes, telle qu'elle avait dérivé ailleurs des traditions gallo-franques et chrétiennes. La poussée nouvelle d'éléments germaniques, la forte constitution guerrière et féodale de la Normandie et du royaume anglo-normand y ont grandement contribué. Là fut la cause principale de ce grand contraste avec les autres coutumes françaises, contraste qui s'est produit surtout du xe au xiie siècle et qui subsistera jusqu'à la fin, quoiqu'à partir de Philippe-Auguste, dans la Normandie ramenée vers la France, il se soit retrouvé quelques tendances coutumières à reconnaître une certaine participation de l'épouse au bénéfice des conquêts.

On pourrait le suivre, ce mouvement, d'abord dans Glanville comme au Très Ancien Coutumier de Normandie. Il y est nettement affirmé que le mari garde pour lui seul tous ses *conquêts immeubles,* sans que la

femme y puisse rien prétendre, et pas même comme veuve à l'encontre des
héritiers du mari. Les textes sont formels. Voilà le droit primitif anglo-
normand. L'Angleterre ne semble être jamais allée plus loin, et nous avons
même en ce qui la concerne, tant pour Londres que pour Bordeaux, au
xiiie siècle, des témoignages explicites et durs de la résistance de l'esprit
anglais à toute donnée juridique de collaboration partagée avec la compagne (¹).

    Mais déjà au milieu de ce xiiie siècle, la coutume de Normandie fran-
çaise avait reconnu une participation de la femme en certains conquêts,
ceux faits *en bourgage*. C'était une innovation, car il n'en était point question aux deux parties du *Très ancien coutumier*. Le premier indice se rencontre dans un des Arrêts de l'Echiquier (de 1241), et la décision se trouve
nettement formulée en règle coutumière dans le Grand Coutumier de Normandie (²). Cette disposition favorable, mais spéciale aux bourgages, se
perpétuera en Normandie jusqu'à la coutume de 1583 qui la consacre.

    Or les bourgages, d'après le Grand Coutumier (chap. 29), c'étaient des
immeubles, terres ou maisons qui, sis au ressort des bourgs, pouvaient se
vendre ou s'acheter sans l'agrément du seigneur féodal. Il y en avait beaucoup dans l'enceinte des villes de Normandie. L'idée essentielle était donc
tenure non féodale, et c'est bien aussi la raison qui explique le mieux la
participation admise ici pour l'épouse. Il ne s'agit point de la tenure féodale,
qu'on veut à tout prix empêcher de se morceler, de passer en mains fémi-
nines et par elles parfois en d'autres familles. Et dès lors l'idée française de
compagnie entre mari et femme a reparu pour ce genre de conquêts faits en
mariage.

    Une autre décision, toute voisine et aussi ancienne, de la coutume le
fait mieux comprendre encore. C'est qu'en succession de bourgages, laissés
par les père ou mère, les filles prenaient part égale avec les fils, tandis
qu'elles étaient exclues par leurs frères, ou singulièrement réduites, quand
il s'agissait des autres terres, des tenures féodales. On le voit bien, sitôt que
l'exigence féodale disparaît, c'est la notion naturelle et chrétienne qui
reprend le dessus, soit d'égalité entre les enfants, soit de société entre les
époux. Voilà l'idée; c'est celle des autres coutumes voisines, et de notre
grande tradition française de collaboration entre époux. Elle est déjà dans

(¹) Voir mon 66ᵉ Cours, p. 96, note 2.
(²) Ch. 100, nᵒ 8. *In emptionibus hereditatis quas. vir fecerit uxor nullam habebit
portionem, excepto burgagio in quo medictatem habebit.*

les bourgages normands au xiiie siècle. Elle va faire quelque chemin en Normandie au sujet d'autres conquêts.

D'abord le champ de cette exception favorable aux bourgages devra s'étendre. Il surgira d'autres immeubles au cours des siècles, tels les rentes constituées et les offices vénaux. Ils n'étaient pas à coup sûr tenures féodales puisqu'ils n'étaient pas même des tenures. On les assimila aux bourgages pour l'application des articles de la coutume successorale et de la coutume matrimoniale.

Mais voici davantage encore. Plus on ira en Normandie, plus il semblera dur de ne rien accorder aux femmes sur les autres conquêts du mari. Le douaire en effet, n'y portait pas, et pas de don mutuel possible non plus. N'était-ce pas trop changer leur condition d'existence après veuvage que de ne leur rien laisser, au moins en jouissance, sur les autres conquêts, qui pouvaient être considérables et qui en fait provenaient aussi de l'effort commun. La coutume de 1583 y mettra remède en venant concéder à la femme un tiers en usufruit sur tous ces autres conquêts faits hors bourgage : le tiers, comme pour le douaire. Or, le procès-verbal de la coutume de 1583 porte expressément que ce fut là une disposition adoptée comme nouvelle, en tant que générale pour toute la province (¹).

Mais les *biens meubles*, maintenant ; ces meubles des époux que l'ensemble de nos coutumes avait vus si naturellement communs et partageables entre les époux, tout en laissant sur eux au mari la plus grande maîtrise pendant l'union conjugale ; qu'en faisait-on en Normandie ?

Ici la coutume normande s'est toujours maintenue assez proche du droit commun coutumier sans lui ressembler de tous points. La participation était d'ailleurs ainsi réglée que la femme pouvait prétendre tantôt un tiers, tantôt la moitié des meubles : un tiers quand il y avait des enfants, la moitié s'il n'y en avait pas. Mais si cela est dit pour les femmes veuves, rien n'indique dans ces coutumiers qu'en cas de prédécès de la femme, cette part de meubles fût comprise dans sa succession et transmissible à ses héritiers. D'où il doit s'induire qu'on lui reconnaissait bien plutôt une participation de veuve qu'un vrai droit de communauté.

(¹) Mais on y peut lire aussi que déjà certaines régions de la province normande avaient accoutumé de pousser plus loin quant à cette participation des conquêts hors bourgage. Il y avait là des usages locaux, propres aux régions normandes les plus voisines de l'île de France. On les trouverait à Gisors, à Evreux, à Verneuil, jusqu'à Alençon, mais non jusqu'à Rouen. C'était donc bien plutôt sur les confins de France et de Normandie.

Tel restera le système général de Normandie. Ainsi, comme part des femmes, toute une série de droits à énonciation complexe qui se récapitulent en coutume générale : pour les conquêts immeubles, moitié en propriété des bourgages et tiers en usufruit des autres conquêts; pour les meubles, une moitié ou un tiers en propriété, suivant l'occurence. Et ce sont là des articles, dispersés aux divers titres de la coutume, qu'il faut remettre bout à bout, au lieu de la belle simplicité de nos coutumes françaises, formulant d'emblée par un seul article notre tradition nationale de communauté de tous meubles et conquêts, avec partage égal (¹). Comme on était loin aussi de la Coutume de Bretagne, plus bienveillante envers la femme et où on avait proclamé de longue date « la femme aussi grande que l'homme quant à leurs conquêts »! — En Normandie rien que des participations strictement mesurées ; mais alors quel en était le caractère ?

C'est maintenant sur ce sujet notre principale question ; et il faut bien ici aborder quelque peu des difficultés toutes juridiques. Ces participations si diverses de l'épouse normande, même celle de moitié en propriété pour les bourgages, formaient-elles bien ou non communauté ? S'agit-il là juridiquement, quant à ces biens, d'une femme commune, vraiment associée avec son mari ? Ici nous ne pouvons rien démêler de net comme doctrine, avant la coutume de 1583. Ses rédacteurs se préoccupèrent de mieux trancher la question par comparaison aux autres coutumes de France ; et de là est sorti l'article capital, si souvent rappelé, de la coutume de Normandie, l'art. 389, ainsi libellé. « *Les personnes conjointes par mariage ne sont pas communes en biens meubles ni conquêts immeubles, mais les femmes n'y ont rien qu'après la mort de leurs maris* ». Vous voyez comme la dénégation d'une vraie communauté est formelle, et comme c'est bien le point vif de l'idée de communauté qui est touché puisqu'il est dit : « La femme n'a rien qu'après la mort de son mari ». Donc rien de transmissible de son chef, si elle meurt la première ; une participation de survivante et rien de plus.

La règle ayant été ainsi formulée en 1583, quelle sera sur ce texte la construction doctrinale des Normands ? C'est que la femme survivante ne pourra venir invoquer tous ses droits de participations diverses qu'à titre d'héritière et non d'associée, par droit de succession, non par droit de communauté. *Héritière légale du mari*, voilà le terme que les auteurs normands

(¹) Paris ou mieux Orléans : art. 186 : « Homme et femme conjoints par mariage sont unis et communs en biens meubles, dettes actives et passives, et conquêts immeubles faits durant le dit mariage... ».

répètent à tout propos pour établir leur doctrine sur cette idée même, soit pour le cas où la femme survit, soit pour le cas où elle précède.

Lorsqu'elle survit, c'est comme héritière qu'elle a, soit à accepter, soit à renoncer. Si elle accepte, elle prendra, outre son douaire, toutes ses participations aux meubles et conquêts. Mais aussi elle sera tenue comme héritière des dettes du mari et elle en sera tenue *solidairement* avec les autres héritiers, suivant cet autre principe singulier de la coutume normande qui établissait une solidarité légale et personnelle entre cohéritiers.

Si elle renonce, ce qu'elle doit faire dans les 40 jours, alors nulle participation. Rien ne peut lui revenir que ses apports immobiliers et son douaire, qui n'ont pu être compromis.'

Qu'arrivait-il maintenant si la femme était morte la première? Puisqu'elle n'avait droit de participation qu'à titre d'héritière et non d'associée, il devait s'ensuivre que le mari gardait tout, sans que les héritiers de la femme, même ses enfants, puissent rien prétendre, en son nom, de droits qui n'ont pas pu s'ouvrir. Le mari gardait pour lui tous les conquêts, ainsi que tous les meubles. Là surtout était la grande différence avec les autres coutumes de France, où les héritiers prenaient part aux meubles et aux conquêts.

C'était logique avec le principe. Mais ce ne serait plus coutume normande s'il n'y avait pas eu là encore des complications exceptionnelles. Or il en existait quant aux bourgages. Pour ces bourgages, dont en coutume générale et dès le XIIIᵉ siècle la femme était dite avoir moitié en propriété, ses héritiers aussi pouvaient les réclamer de son chef, sauf au mari d'en garder l'usufruit sa vie durant (¹).

Quel singulier système de tous points et le plus compliqué de toutes nos coutumes, sans contredit! Mais comment se l'expliquer si ce n'est par cette observation capitale que la coutume normande, ayant été séparée des autres à partir du IXᵉ siècle pour devenir bientôt non seulement normande, mais anglo-normande et profondément féodale, n'avait pu suivre la grande direction française qui, au-delà de la collaboration primitive des lois ripuaire et carolingienne, avait poussé jusqu'à la franche et large association ou communauté de meubles et conquêts. Elle avait même paru l'oublier, cette donnée de collaboration, du Xᵉ au XIIIᵉ siècle, témoin l'Angleterre, pendant qu'elles forgeaient ensemble leur excessive notion de puissance maritale.

(¹) Art. 331, 332 de la Coutume de 1583.

Puis après la reprise par Philippe-Auguste, et à mesure que la Normandie s'était retrouvée plus française, les idées de la collaboration et de conquêts avaient reparu. Et l'exemple aidant, la Normandie était revenue quelque peu dans une direction voisine des coutumes de France. Elle l'avait suivie même de bonne heure et dans les villes au sujet des bourgages, puis en certains pays voisins de l'île de France par voie d'usages locaux, mais pourtant jamais avec la même assurance et la même netteté ; comme il arrive à ceux qui, s'étant d'abord engagés par ailleurs et se trouvant ramenés, puis embarrassés entre des directions contraires, ne peuvent reprendre qu'une marche incertaine ou compliquée.

De là tous ces tiraillements qui se sentent dans cette coutume et qui embarrassaient si fort tous ses commentateurs, à commencer par le plus marquant de tous, Basnage. De là ce système de participations additionnées et grandissantes pour la femme, sans arriver à une vraie et franche communauté. Et la coutume, après avoir étendu le droit des femmes, sentait si bien tout ce qui l'en séparait encore, qu'en 1583 elle prit soin de proclamer qu'il serait impossible d'aller au-delà, pas même par contrat de mariage. Ainsi le décide l'article 330 qui est encore un des articles fondamentaux de la coutume normande, l'un de ceux dont sa jurisprudence s'était montrée gardienne sévère et jalouse (1). De combien de luttes célèbres n'ont-ils pas retenti jadis à ce sujet les deux admirables Palais-de-Justice de Paris et de Rouen ! Sans quoi, aux derniers siècles, avec le contact des coutumes voisines et les mariages fréquents entre gens de Normandie et ceux de Paris ou d'autres provinces, il est assez vraisemblable que bon nombre de Normands seraient venus plus vite au vrai régime de communauté par le jeu de la liberté des contrats de mariage.

V

Il y a eu d'ailleurs une dernière et grave raison pour empêcher la coutume normande d'en venir à la communauté, même en 1583, malgré quelques atténuations de son pouvoir marital et ses participations plus étendues. C'est le système des *protections dotales* qu'elle avait de longue date conçu et peu à peu organisé pour les femmes, en voulant les empêcher de

(1) V. *art. 330* « Quelque accord ou convention qui ait été fait par contrat de mariage » et en faveur d'icelui, les femmes ne peuvent avoir plus grande part aux conquêts faits » par le mary, que ce qui leur appartient par la coutume, à laquelle les contractants ne » peuvent déroger ».

rien perdre de leur apport immobilier et de leur douaire. Et ici se découvre à nous, comme dernier point, le fameux titre du *Bref de mariage encombré*.

Le mariage encombré, voilà encore une de ces expressions de la langue juridique normande qui nous déroutent à leur première rencontre ! Le *mariage*, ici, c'est l'apport de la femme, ordinairement constitué par son père ou son frère aîné, en la mariant ; donc l'apport convenu, la dot au sens romain, ce que les paysans de Normandie et d'ailleurs désignent encore en parlant de donner à leur fille « un beau ou petit mariage ». C'est ce *mariage* qui est encombré quand, au cours de l'union conjugale, il vient à être aliéné, ou abandonné, ou négligé par le mari, de telle sorte que la femme ne le retrouve plus libre à l'heure de la restitution ou de la reprise. Et c'est alors que, pendant une année, la coutume octroyait à la femme une action possessoire dite *Bref de mariage encombré*, pour recouvrer rapidement son immeuble en nature. L'année écoulée sans exercice du Bref, il ne lui restait plus que la voie pétitoire.

D'après la coutume de 1583, cette théorie s'est étendue sensiblement en dehors du cas proprement dit du bref primitif, donné contre les agissements ou négligences du mari. Mais voyons à suivre d'où est partie cette notion, et jusqu'où elle s'est développée ? Le principe est sorti du plus ancien droit normand ; car il se lisait déjà dans le Grand Coutumier du xiiie siècle (1). Il y est dit par deux fois que si le mari a engagé le *maritagium* ou le *dotalitium* de sa femme, l'eût-il fait même en obtenant d'elle son concours et son serment, rien n'avait pu être perdu pour elle, qui les recouvrerait à la mort du mari.

Voilà le point de départ de tout ce droit anglo-normand, qui persista aussi en Angleterre. En Normandie française, entre la fin du xiiie siècle et le xvie, les documents nous font défaut pour bien suivre les embarras ou tâtonnements qui se produisirent alors, non sans quelque confusion. Mais la vieille tradition d'entière sauvegarde, aidée du droit romain, reprit le dessus et un arrêt célèbre de 1539, qui nous a été rapporté par Terrien, fixa la jurisprudence d'une manière définitive, si bien qu'il passa textuellement dans les articles de la coutume de 1583. Il ne reste plus qu'à les résumer et en dégager l'esprit (2).

(1) Ch. 100 ; *De brevi maritagii impediti*, dans l'édition latine de Joseph Tardit.

(2) Cet arrêt de 1539, rendu pour *Marie de Cerisey*, à la suite d'une vente de sa terre et baronie de la Hays du Puys, faite du vivant de son mari en 1511, a été rapporté par Terrien (pp. 266 et s.) et vaut d'être cité en entier, tant pour être comparé aux articles

La coutume donne tantôt à la femme reprise en nature de son mariage ou dot, tantôt remploi en équivalent. Pour que la femme ait reprise en

mêmes de la Coutume de 1583 (art. 537 à 540) que comme exemple des décisions du xvɪᵉ siècle. « Pour ce que puis aucun temps en ce pays et ressort de la Court, les Juges Praticiens et Aduocats estoyent en grande difficulté de la forme et maniere d'entendre, interpreter et iuger le bref de mariage encombré contenu en la Coustume du pays : aussi en grande incertitude de la validité ou inualidité des contracts et alienations que les maris font des biens de leurs femmes de leur consentement et lesdites femmes de l'authorité et consentement de leurs maris : Afin que tels doutes cessent et soient mis en quelque certitude, pour éuiter et fuir tels procez qui s'en pourroyent soudre en ladite Court : pareillement mis en deliberation ladite matiere de bref de mariage, et contracts et alienations des biens des femmes mariees : A arresté et conclu en son registre les choses qui ensuyuent, pour diffinir et iuger lesdites matieres le cas offrant, selon qu'il est cy apres contenu et déclaré. Le tout par prouision et iusques à ce que par le Roy, ou ladite Court, pour aucunes causés et considerations qui pourroyent de nouueau suruenir, autrement en ait esté ordonné » :

« 1ᵒ Que le bref de mariage encombré est une voie possessoire equipollente et quasi conforme à une réintégrande ou bref de nouvelle dessaisine. Et se doit prendre par la femme dedans l'an et iour du décès de son mari, pour être remise en la possession de son bien ainsi qu'elle était lors de son mariage et au temps qu'elle fut dessaisie soit par aliénation faite par son dit mari sans le consentement d'icelle, ou par elle sans le consentement de son dit mari, ou autrement sans son vouloir et consentement. Car le bref ne s'entend et n'a lieu quand le mari du consentement de sa femme ou la femme de l'autorite du mari, vendrait le bien ou heritage de sa femme. Et esdits cas a été conclu et arrêté lesdits contrats de vendition ou aliénation être bons et valables, cessants minorité, dol, fraude, deception d'autre moitié du iuste prix, force, menaces et craintes *quae possent cadere in constantem virum. Solus enim metus reverentialis non sufficeret.*

» 2ᵒ Item ès cas d'alienation des biens dotaux qui se feront par le mary, comme dit est, du consentement de la femme ou par ladite femme de l'authorité de son mary, *ubi pecunia non probaretur versa in utilitatem uxoris : et essemus extra casus speciales comprehensos in iure, in quibus licitum est marito vendere et alienare dotem :* audit cas, la femme aura sa recompense du iuste prix que sondit dot aura esté vendu : à prendre sur les biens du mary du iour du contract de mariage, ou celebration d'iceluy. Et où ladite femme ne pourroit auoir sadite recompense sur les biens de sondit mary, pourra *in subsidium* s'adresser contre les detenteurs de sondit dot. Auquel cas sera en l'option desdits detenteurs, de laisser à ladite femme sondit dot, ou luy payer le prix que son mary en auroit reçu de ladite alienation.

» 3ᵒ Et quand aux biens patrimoniaux desdites femmes, qui leur viennent après le mariage contracté, ou durant iceluy, par donation, succession ou autrement, en cas d'aliénation desdits biens faite par la femme et le mary ensemble, comme dessus est dit, la femme en aura aussi recompense sur les biens de sondit mary. Mais l'hypothèque prendra seulement pié du iour de ladite alienation. *Item contra detentores dictorum bonorum paraphernalium, ubi ageretur in subsidium ».* Ce 3ᵒ deviendra l'art. 542 de la Coutume.

nature, il faut que le mari ait aliéné sans elle, ou qu'elle ait aliéné en dehors de lui. C'est alors une aliénation tout irrégulière, qui n'a pu transmettre de propriété véritable à l'acquéreur, lequel pourra être dépossédé. Mais il n'en est plus de même, si les deux époux ont aliéné ensemble. En pareil cas l'aliénation est bonne en son principe. Il y a eu transmission valable quant à la propriété. La femme n'a plus un droit précis et direct à la restitution de son immeuble, mais seulement à une valeur équivalente, pour que son bien ne soit pas perdu. L'équivalent, c'est le mari qui a dû le lui ménager. Ont-ils passé une vente, il a dû faire un remploi convenable. S'il n'a pas fait de remploi, c'est lui ou ses héritiers qui devront avant tout récompenser la femme, et elle aura bonne hypothèque sur les biens du mari. Mais, en fin de compte, si la femme n'a pu être dédommagée, il faut que son avoir se retrouve. Elle aura donc le droit subsidiairement de le réclamer de l'acquéreur qui, lui-même, au lieu de rendre le bien en nature, pourra satisfaire la femme en lui restituant le juste prix de l'immeuble. L'idée à dégager est donc celle-ci, que la protection dotale visait moins l'inaliénabilité proprement dite qu'un remploi bien assuré.

Cette tradition normande se suit très bien dans le développement de la jurisprudence et des textes jusqu'au Code Civil. Mais, à dater du point de départ, comment dégager ses causes et expliquer sa transformation ? Primitivement l'idée semble avoir été celle-ci : la femme tellement assujettie à son mari, qu'elle ne devait ou ne pouvait en rien le contredire et que son concours, tenu pour contraint, ne comptait même pas. Tandis qu'aux derniers siècles, au moins en Normandie française, on ne tient plus ainsi l'action de la femme comme absolument non avenue, puisque c'est pour avoir concouru, qu'elle ne peut reprendre en nature, mais seulement en valeur.

L'idée s'est donc insensiblement modifiée en celle de protection contre l'influence directrice du mari faisant agir sa femme au gré de ses vues et de ses intérêts. C'était primitivement la femme sauvegardée comme en danger d'être battue, faute d'obéir. Et c'est devenu la femme protégée contre trop de confiance et de crédulité envers son mari, qui peut l'entraîner à traiter volontairement à côté de lui, comme personne agissante, *non coacta sed decepta*.

C'est ainsi la conception romaine de la faiblesse de sexe qui reparaît. Et la renaissance du droit romain n'y a pas été étrangère. Le concours de la femme à toutes les aliénations ou engagements de son bien conseillés par le mari fut considéré comme une sorte d'*intercessio pro marito*. De là cette

invocation si fréquente de la loi Julia et plus encore du Velléien et de
l'Authentique par une jurisprudence normande, qui sentait bien quel
appui lui donnait cette théorie romaine. Grâce à elle, d'ailleurs, on trouvait
remède contre les obligations de la femme en même temps que contre les
aliénations de ses apports dotaux. Aussi faisait-on tomber de même, en
Normandie, tout cautionnement ou engagement solidaire de la femme pour
son mari. On eut beau tenter en pratique de faire renoncer les femmes,
leurs renonciations formelles au Velléien ne furent pas admises en Normandie, comme elles l'étaient dans le reste de la France coutumière. Et
lorsqu'en 1606 Henri IV porta l'édit destiné pratiquement à supprimer par
toute la France l'usage du Velléien, la Normandie fera comme les pays de
droit écrit. Le Parlement de Rouen se refusera à l'enregistrement de cet édit
et à son application. Car tout ce système de protection dotale, fait d'inaliénabilité et d'incapacité tout à la fois, ne pouvait se soutenir sans l'admis-
sion tout au moins du principe Velléien, tel que Justinien l'avait rétabli.

Là donc a été l'origine de cette grande règle de droit matrimonial normand et la plus connue : cette protection dotale vantée jadis de Rouen à
Coutances, comme un des mérites de la sage Coutume. Elle n'était pas alors
une clause de contrat de mariage, telle qu'on pourrait la pratiquer encore,
ou par routine ou par besoin de parer à des situations qui semblent com-
mander plus de prévoyance. Elle constituait un règlement légal, que la
femme ne pouvait enfreindre pour se dévouer aux intérêts de son mari, et
qui témoignait comme à Rome de quelque protection dédaigneuse pour sa
faiblesse prétendue.— Mais, en terminant, et pour en faire appréciation juste
au temps jadis, ne faut-il pas avoir toujours présentes à la pensée ces autres
règles de Normandie qui « *pour la conservation des maisons* » réduisaient
tant les droits successoraux des femmes dans leur propre famille. Une fois
mariée, la fille n'avait plus rien à prétendre ; et pour l'établir, son père,
s'il s'était rencontré cette aubaine, avait pu ne lui donner rien ou presque
rien. Ses frères, eux-mêmes avaient pu ne lui fournir qu'un petit
mariage avenant délibéré en conseil de famille. C'était là *ce dot* minime,
dont elles devaient se contenter par toute la province. Et je dis à dessein *ce
dot* ; parce que tel était le terme de la coutume « le mariage ou le dot »,
terme familier aux meilleurs auteurs, puisque dans une lettre publiée cet
été, au cours du Millénaire, on a pu lire *le dot* ainsi que le *don mobil*,
sous la plume toute normande du bon père de famille qu'était le *Grand
Corneille*. Or, ce dot si réduit, ce douaire si restreint ne fallait-il pas les

sauvegarder à outrance pour ne pas exposer la femme, déjà sacrifiée vis-à-vis des siens, à la mauvaise chance d'un dénuement causé par le mari. C'est pourquoi s'était maintenue et enracinée la pensée normande que « *bien de femme ne doit se perdre* ». Rien qu'un mariage *avenant*, mais aussi un mariage qui ne saurait être *encombré*, voilà bien les deux expressions à retenir comme ayant gravé, non pas les seuls, mais les traits les plus saillants de l'Ancien Droit matrimonial de Normandie.